KB270628

시안황금알 시인선 9

하늘새

정영숙 시집

시안황금알시인선 9

하늘새

초판인쇄일 | 2007년 02월 15일
초판발행일 | 2007년 02월 27일

지은이 | 정영숙
편집인 | 오탁번
펴낸곳 | 도서출판 황금알
펴낸이 | 김영복

주 간 | 김영탁
편집실장 | 조경숙
표지디자인 | 칼라박스
주 소 | 서울시 중구 필동2가 124-11 2F
전 화 | 02)2275-9171
팩 스 | 02)2275-9172
이메일 | tibet21@hanmail.net
홈페이지 | http://goldegg21.com
출판등록 | 2003년 03월 26일(제10-2610호)

ⓒ2007 정영숙 & Gold Egg Pulishing Company Printed in Korea

값 6,000원

ISBN 978-89-91601-36-9-03810

시안황금알 시인선 9

하늘새

정영숙 시집

황금알

시를 쓴다고 시작한 때가 언제였을까. 시냇가에서 잡은 피래미랑 붕어를 고무신에 넣고 집으로 돌아오던 어스름 저녁 때이었던 것 같기도 하고, 분꽃향 나는 앞마당에 앉아 어머니가 깎아준 연필로 가, 갸, 거, 겨…… 하며 미농지에 써내려가던 여름밤이었던 것 같기도 하다. 마음에 앞산이 들어와 서늘해지기도, 어머니의 고운 얼굴에 설핏 지나가던 구름 그늘이 회색빛으로 드리워지기도 하던 그때 이미 나는 시를 잉태하고 있었는지 모른다.

꽃잎을 넣고 문종이를 바른 뒤 입으로 물을 뿜어 뽀송뽀송 말리던 창호지문처럼, 내 몸 안에는 아직도 색색의 꽃잎들이 숨을 쉬며 그때의 표정들을 낱낱이 얘기해주곤 한다. 해마다 물을 뿜으면 햇볕에 무지개빛으로 피어오르던 꽃잎의 노래들. 나혼자 몰래 낯 붉히며 오래 가슴에 품고 싶었다. 그러나 이제 앞마당 화단에 내려놓아야겠다. 다섯 번째 발자국을 떼면서도 고음의 무한음정을 내지 못하는 노래가 안쓰럽지만, 세상에 나가 다른 이들의 음색도 귀담아 들어보고 여러 장단에 맞춰 한바탕 어울려 보는 것도 좋을 듯하다. 용기를 내어 하늘에 계시는 어머니께 이 못난 노래들을 큰 소리로 불러드리고 싶다.

2007년 1월
정영숙

차 례

1부
또 봄날이 와도

1부

또 봄날이 와도

병술년, 폭설

박 속에 갇힌 기막힌, 귀가 막힌 한 여자를 본다
무색의 막막한 속, 끈끈한 액질 속에 허우적대는
한 뼘의 간격조차 없는 곳에 누워 있는 저 여자
사방팔방 둘러보아도 길은 없다
새파란 싹을 달고 푸른 하늘 마시며
사통팔달 길을 내며 달리던 날 있었던가
풍경 소리 내며 달리던 은빛 바퀴살
구릉을 넘어 구름빛 서산에 걸리지 않았던가
파도를 타고 하늘로 치솟던 흰빛 상어
포물선 그리며 갈채 속에 곡예를 하던
천지를 울리던 소리 소리들
누군가 한숨에 다 삼켜버렸다
누군가 시샘하여 내 사랑 다 묻어버렸다
하늘인가 땅인가
아무 것도 들리지 않고 아무 말도 할 수 없는
무덤에 누워
무색의 어둠 속, 무욕의 날을 갈고 있는
무위無爲에 갇힌 저 기(귀)막힌 여자
말문이 막혀 먹통이 된 여자

시를 쓰는 새

티벳 천정에는 휘파람새나 티티새처럼 이쁜 이름의 새가
아닌 요상한 이름의 새가 산다지 산해경山海經에서 나올 듯
한 다리는 세 개이고 톱니처럼 울퉁불퉁한 부리와 한 방향方
向으로 고개가 비뚤어진 생김새도 요상한 새 그 새가 어여
쁜 건 「애너벨리」와 같은 시적인 사랑을 하기 때문이라지
그는 처음 만나 짝짓기한 새의 방향芳香을 찾아 매년 같은
장소에 날아온다지 반드시 그 새하고만 짝짓기를 한다지
다른 새와는 절대로 사랑을 나누지 않는다지 몇 년이고 같
은 방향을 찾아다니다 짝이 보이지 않으면 부리로 제 몸을
쪼아 천장天葬터에 몸을 부려놓는다는군 바람이 삼십삼천으
로 데려다 준다는 꿈같은 티벳 천정에는 「애너벨리」의 영혼
을 입고 몸으로 시를 쓰는 새가 산다는데

너와 나의 사랑은 어떠한가

내가 부르고 싶은 노래는
불구인 몸으로 쓰는 저 새의 순수한 몸짓
바람에 부서져 하늘 천정으로 올라가는
풍장風葬에서 들려오는 맑은 빛의 노랫가락

　　희미한 백열등 아래서 부러진 펜대로 별을 쓰는 한여름 밤 꿈같은, 잠시

아편 차茶, 아픈 차車

숨막히는 한여름
하늘 자락에서 떨어진 물방울들이
백조 개의 내 세포막 위에서 출렁이는 날
찬장 깊숙이 넣어둔 아편 차를 꺼내 마시면
1 3 시 간 동 안 엉 금 엉 금 기 어 가 던
투르판의 밤열차, 내 몸속으로 들어온다
밤열차의 차창 밖에 걸리던
꼭두서니빛 소소초
소소초 아픈 가시를 삼키며
황량한 고비, 사막의 지평선을 바라보던 낙타
슬픈 눈빛을 천천히 지우며 중국 대륙을 건너던
어지럼증 일으키던 밤 열차
떨리는 백열등 아래서 구슬땀 흘리던
황색빛 얇은 팔뚝의 탄부
그 사내, 어느 짧은 사막의 그늘 아래서
허리 가는 계집과 백일몽 꿈꾼 적 있었던가
낙타 눈빛을 닮은 그 사내, 내 혈관 속으로 스며든다
내 백조 개의 세포가 만든 바다 속에서 춤춘다
서걱서걱한 내 몸의 모래 알갱이

꼭두서니빛 고운 빛으로 물든다
열사의 고비사막도
소소초 아픈 가시를 삼키던 그의 슬픈 눈도
아편 꽃향기 속에 묻힌다
거북이처럼 엉금엉금 기어가던 투르판의 밤열차
허리띠 조인 내 혀 안에서 잠시 멈춘다

싸리골
– 순대국밥

지는 해에 등짝이 시려
혼자 퍼질러 앉아 순대국밥 먹는다
들깨 한 숟갈, 파 한 숟갈 퍼서
김이 모락모락 나는 뚝배기에 넣고 휘저으면
뿌우연 는개 속에는 대청에 앉아 잎담배 피우며
근심어린 눈으로 쳐다보시던 외할매 보인다
−영숙아, 노리띵띵한 탱자 같은 니 얼굴 그게 뭐꼬
　열두살 가시내사 화단의 뽈그레한 홍초 같아야제
돼지 목 딴 피를 창자에 가득 채운 뒤
가마솥에 넣고 장작불로 펄펄 끓이시던
−이 놈의 세월, 쨍쨍한 하늘은 언제 보여줄낀가
순대국 한 사발 들이밀고 억지로 떠먹이시던 할매
뜨거운 국물 한 숟갈 떠넣으며 목이 메는데
−엄마, 여기는 한국서 먹던 맛이 안나요
막내의 전화 목소리가 핸드폰에 울린다
−응, 엄마가 옆에 없어도 아무꺼나 잘 묵으야제
　고 순대국밥 먹으면 힘도 나고 홍초처럼 이뿌질끼다
지금엔 없는 외할매 불러 소주 한 잔 하며
홍초처럼 뽈그레이 피고 싶은 날

마냥 피어 붉게 붉게 울고 싶은 날
저녁 유리창에 뿌여니 는개 내려
가는 길을 잃는 어느 겨울 저녁

백석을 읽으며

뻐꾹 초르르 칙 초르르 칙
뻐꾸기 물총새 소리가 눈꺼풀을 여는 오월 아침
밤 늦도록 읽은 백석의 시 때문일까
산골마을에 와서 어릴 적 시골로 돌아가
높고 외로웠던 아버지를 생각한다

골가실 닷마지기 논에 모심는 날
정지 언니*가 광주리에 이고 온 새참을
논두렁에 둘러앉아 먹는데
어디선가 뻐꾸기 우는 소리에
나는 논바닥으로 쪼르르 미끄러진다

초록 구름 사이에서
하얀 까운 입은 아버지가
청진기를 내 가슴에 가만히 갖다대는 게 아닌가
간밤 늦도록 사람 때문에 아파하는 나를
아버지가 아셨던 것일까

청진기에서 들리는

뻐꾹 뻐꾹 초르르 칙 초르르 칙
아버지가 먼 하늘 가에서 만든 투명한 음을 고르며
백석의 시에 밑줄을 긋는다
"나는 이 세상에서 가난하고 외롭고 높고 쓸쓸하니
살아가도록 태어났다"*

이 깊은 산골까지 나를 따라온 아버지가 몹시도 그립다

*부엌에서 일하는 언니
*백석의 시 「흰 바람벽이 있어」 중에서

또 봄날이 와도

장날이면 외할머니는 우셨다 "하늘로 솟았나 땅속으로 숨었나" 하얀 무명 저고리에 떨어지던 붉은 꽃잎들, 지게 뒷짐에 꽂혀 있던 진달래 꽃잎, 꽃잎 한입 가득 물고 통치마 펄럭이던 아이는 화들짝 놀라 섬돌에 넘어졌다 습자 시간에 정성들여 쓴 아버지 세 글자가 책가방 속에서 자꾸만 옆으로 쓰러지고 있었다

어머니의 하얀 치마폭, 얇은 화선지에 소로시 담겨지던 파르스름한 아이들 먹물도 채 마르지 않은 아버지의 먹그림 앞에서 어머니는 울지 않으셨다

장날이면 외할머니는 우셨다 유월의 햇빛이 사금파리처럼 반짝이던 앞마당, 석류와 장미꽃이 만발하던 뒤란, 배꽃이 환하게 피어나던 우물가, 온통 짙은 먹물을 뿜었다 나는 먹물에 가려 보이지 않는 아버지를 찾기 위해 밤새 호야불 밑에 습자지를 꺼내놓고 먹을 갈았다

또 봄날이 와도…… 이제 나는 눈을 감고도 아버지 세 글자를 먹물이 번지지 않게 습자지에 반듯하게 쓸 수 있다 내

가 써 놓은 글자들을 보시며 여든의 어머니는 이제서야 우
신다 내 마음에 묶어놓은 수만 장의 습자지 뒷면에 아버지
의 모습이 얼비친다면서

미스타 페오를 찾아서

창밖에는 눈이, 하얀 눈이 쌓이는데
찬 아스팔트 바닥에 웅크리고 있는 나는
눈송이 같은 시도 하얀 시도 못쓰는
찬바람에 얼어붙는 돌이다

의왕댐을 지나 춘천으로 가는 길목
소양강가에 있는 까페 「미스타 페오」* 벽에는
커다란 돌덩이에 나무를 새긴 작품이 붙어 있다
나를 닮은 쑥색의 울퉁불퉁한 못생긴 돌덩이
태초에 히말라야 산중턱에 고고히 앉아 있었겠지

어느날 벼락을 맞아 밀리고 쓸리고 나뒹굴어지면서
파미르 고원을 굴러 굴러 여기까지 온 것일까
부딪치면서 단군 할아버지의 기상도 잃고
하얀 눈송이, 할아버지도
하얀 시, 아버지도 잃고
이제는 흩어지고 부서져
눈송이, 하얀 시 하나 못 쓰고
차디찬 아스팔트 위에 굳어지는 돌이다

쩡, 소양강 얼음 풀리는 소리에
돌덩이 가슴을 헤치며 일어서는
줄기 선명한 회양목 한 그루
눈 오는 날 우연히 들른 미스타 페오에서
내 영혼을 일깨우는, 아버지 닮은
소중한 나무 한 그루 얻는다
이제 눈송이 같은 하얀 시 하나 쓰려나

*나스카피 인디언들은 심장 속에 살고 있는 불멸의 내적 동반자인 인간의
 영혼을 '나의 친구', '위대한 사람'이라는 뜻의 미스타 페오(mista peo)
 라 부른다

감자꽃을 보던 날

그가 보내는 푸른 신호를 따라
시속 140km 어둠을 뚫고
흙 속의 뿌리를 찾아
고속도로를 달려간다

– 감자를 심으려면
　　새파란 촉을 다치지 않도록
　　조심스레 칼로 잘라야지
내 서툰 손놀림을 보며 할머니는 말씀하셨지

페달을 밟는 내 발은
예리한 칼날이 되어
그가 뿜는 푸른 촉을
벨 듯하다

– 그와 나의 미세한 거리는
　　촉을 지나는 칼날의 방향에 달려 있지
– 그래, 0.1mm의 간격으로 우리는
　　만날 수도 헤어질 수도 있어

나는 할머니와 신나게 캐던
줄줄이 딸려오던 감자를 생각하며
속력을 줄이고 그와의 거리를 둔다

어둠 속에 하얀 감자꽃이 강물처럼 반짝이고 있었다

하동리 매화

경남 하동에 사는 김정곤金正坤 시인의 말에 의하면 지리산에 있는 고로쇠란 나무는 일 년에 딱 보름 동안만 몸속에 있는 단물을 몸 밖으로 내보낸다고 합니다 내가 찾아간 삼월 중순 그는 나를 기다렸다는 듯 갈색 딱딱한 수피를 벗고 단물을 콸콸 쏟아내고 있었지요 연둣빛 어린 순으로 만든 긴 대롱을 그의 몸에 꽂고 벌컥벌컥 단물을 들이켰지요 아 달콤하면서도 아릿한 맛 그의 정기를 받아서인지 지리산 하동 마을을 둘러보니 매화꽃이 하루아침에 활짝 피었지 뭡니까 어서 빨리 김수로왕金首露王의 아들 일곱 명이 성불하였다는 지리산 칠불사 아자방亞字房에 들어야지요 이 나라 국토 통일할 실한 사내 아이 하나 낳게 해달라고 불공을 드릴 참입니다 절절 끓는 아랫목에는 매실주 한 동이 잘 익고 있을 터인데

나보다 먼저 기별 듣고 몸 덥힌 새
아자방 매화나무에 앉아 알을 까고 있다고요?

그는 나를 마취시킨다

두물머리 만개한 연꽃에서
에틸에테르 냄새가 난다

그는 죽음 바로 직전
생을 향기로 집약한다
우리가 기억하는 모든 것들
흐르던 물살의 혀, 바람의 농밀한 눈빛 등

나는 햇빛에 잘 말린 창호지로
그의 몸을 감싼다
그의 전 생애를 향기로 받아낸다
원시림이었던 내 청정한 마음 속에
그는 가없이 스며들고

내가 마시는 연꽃차에서
에틸에테르 냄새가 난다
그를 마시는 순간
나는 가을 강물빛 닮은
해오라기 되어 하늘 높이 날고

양수리 강물 위 흰 배를 드러내놓는
은어 새끼들

매향 속으로의 여행

삼월 어느 저녁 어스름께
송광사 매향 따라 들어갔네
대웅전 뒤꼍, 낡은 담벼락 옆
매화 꽃잎 여섯 장 속, 꽃술 하늘대는
그 곳에 내가 찾는 님
상아빛 고운 얼굴로 앉아 있었네
이승일까 저승일까
뱃고동 울리고 파도가 철썩댔던가
한 세기가 지났던가
수 세기가 지났던가
그와 매화나무 진초록 그늘 아래서
나누어 먹었던 생마늘과 쑥
매화 꽃잎 하늘하늘
눈앞에 어지름증 일으키는데
멀리서 목탁 치는 소리 들렸네
상아빛 꽃술 헤치고 세상 밖으로
한 발자국 떼어놓는 찰나
내 머리에 하얗게 서리 내리고
저만치 배가 떠나고 있었네

매향에 취해 송광사, 차가운 돌담 옆
연옥의 부둣가에 홀로 앉아 있었네
내 머리 위로 매향 입은 초록별들
저승반점처럼 툭툭 불거지는데

살아남기

바다새가 몰려든다는 새섬
4,000m 구름 속에서 어깨에 낙하산을 메고
다이빙하기로 한다
바람을 탈 수 있는 깃털 옷을 입고
초감각의 고글을 쓴 다음 두 손을 불끈 쥔다
누구는 한 순간의 스릴을 위해 무거운
낙하산을 메었을지도
누구는 절망의 갑옷으로 단장하고
죽음의 나락으로 굴러 떨어지고 싶었을지도
나는 절명의 순간 다시 살아남기 위해
온몸을 던지기로 한다
산비탈 나뭇가지에 심장이 찢어진대도
망망대해 먹빛 고도에 갇힌대도
두려울 건 없다
4,000m 고공을 오르느라 허공에 길을 내 본 자
뼛속 깊이 스며든 적막을 밥으로 삼으며
칼날 같은 맞바람과 싸워 본 자 더 이상 무서울 게 없다
하늘을 안고 뛰어내리는 순간
펼쳐지는 환한 세상

산과 들 바다의 색깔이
새로 눈 뜨는
하강에서의 희열, 새 눈뜸을 위해
삶은 저토록 높은 고공을 날게 한 것일까

산화散花

감나무 등걸에 붙은 매미의 허연 허물을 떼낸다

만지면 금방 바스라질 것 같은

한숨이 서린 빈 둥지 같아

차마 손바닥에서 내려놓지 못한다

희망으로 꽉 차 있던, 살과 피가 쨍쨍하던 몸은

다 어디로 갔나

감나무는 씨를 떨구면 이듬해에 다시 열매를 달 수 있으
련만

내 몸을 입고 세상 밖으로 나간 매미는

제 흥에 겨워 하늘에 대고 목청껏 노래 부르고 있구나

다시 돌아올 리 없는 빈 집

눈물과 한숨으로 촘촘히 짜던 생의 실오라기 풀어놓고

저녁 놀빛에 걸려 한순간에 허옇게 부서져 내리는

2부

어느 시인의 죽음

능소화

당신이 내게 오기 전 내 몸에 솟아난 주홍빛 열꽃 내가
태어날 때 어머니가 내게 입힌 꽃, 아니면 내 스스로 피운
꽃이라 생각했어요 땅바닥에 쓰러진 줄기를 일으켜 세워
주었을 때 내 무릎으로 일어선 줄 알았어요 내 팔다리의 열
선들이 뜨거워졌을 때야 비로소 당신 몸을 감고 있는 줄 알
았지요 땅의 잣대로 세상을 바라보던 내 얕은 눈이 당신 눈
과 마주치자 가을 하늘빛처럼 깊어졌어요

하늘빛 당신 눈은 깊고 슬퍼 하마터면 당신 목을 감고 있
던 두 손을 놓을뻔 했지요 젖은 내 뿌리가 잠시 흔들렸던가
요 그런 나를 눈치채고 얼른 사다리를 가져와 내 밑동을 받
쳐 주었지요 하늘 구름 별 달을 마음대로 그릴 수 있도록
튼튼한 사다리를 놓아 주었어요 그제서야 나는 하늘을 이
고 있는 당신 머리 꼭대기에서 맘껏 웃었어요 당신이 열심
히 피워내고 있는 노을빛 아름다운

청담 성당 붉은 벽돌 지붕 위 주홍빛 능소화
초가을 하늘을 담고 잔잔한 미소를 띠고 있는

파열음 속에 아버지가 살아 있다

새 학기 가정환경조사서를 쓸 때 빈칸의 아버지는 나를
불구로 만들었다 빈칸 속에는 방아깨비 다리 한 쪽을 떼어
내던 아이들의 눈빛이 불개미처럼 기어다녔다 나는 숙제
하면서 어머니가 가지런히 깎아 넣어준 필통 속 애꿎은 연
필심만 부러뜨렸다

해거름, 어머니의 어깨가 발 사이로 떨릴 때면 나는 뒤란
싸리덤불 속에 숨어들었다 싸리꽃, 하얀 꽃잎 눈물자국 마
를 때까지 나는 아버지가 두고 간 주사기를 꺼내 돌멩이에
찧었다 실잠자리 날개 빛으로 날리던 아버지 은빛 파열음
소리에 아버지가 살아 돌아왔다

아버지는 내게 파열음의 의미였다 부서지고 깨지는 순간
늘 내게 찾아왔다 내 몸이 완전히 사라지는 순간 아버지는
내게 없는 팔다리를 온전히 달아주었다 불을 켠 세포마다
은빛 날개를 달고 하늘로 날아오르면 나를 따라다니던 빈
칸도 불개미도 사라졌다

실잠자리 날개 빛으로 날리는 아버지 아른아른 아지랑이

되어 하늘에서 내려온다 누군가 보고 싶은 날 나는 유리처
럼 깨진다

울트라 마린, 푸른 꽃

내 몸 안에는
마이크로폰을 지닌
마트로시카*가 들어 있어
하루에도 수십 번
다른 음색의 선인장 꽃을 피운다

나무로 만든 꼬마 인형들을 하나씩 꺼내놓고
실로폰 채로 머리를 두들기면
아리조나 사막에서 보았던
줄기마다 색색의 꽃을 피우던 선인장
바람의 강도와 햇빛이 받는 각도에 따라
진분홍 조개빛, 연보라의 별빛, 울트라 마린의 바다빛
각기 다른 음색의 꽃을 피운다

하루에도 수십 번
그가 보내는 신호에 따라
각양각색의 빛깔로 피어나는
나의 마트로시카
바다 저편에 있는 그대여

이 뜨거운 여름 한낮
잔잔한 G음의 트레몰로로
내 흔들리는 머리를 연주해 주려무나

내 심장부에 있는
지중해 빛 닮은 울트라 마린
푸른 꽃으로 피워
그대 있는 곳으로 헤엄쳐 가리

*마트로시카: 나무로 만든 러시아 인형으로, 한 개의 인형 속에 크기가 다
른 인형이 여러 개 들어 있음.

모래 그림

보름게는 낮에는 개펄 속에 숨어 꼼짝달싹 않다가 화선지 위 새하얀 보름달 하나 그려놓으면 바닷가로 기어나오는데요 새하얀 박꽃 피어나면 허기진 배를 모래에 부비며 먹이를 찾아 나서는데요 새하얀 눈빛의 보름달, 박꽃처럼 환하게 웃던 엄마가 그립다며 나를 찾아오는데요 새하얀빛 보름달, 둥근 무덤에 묻히고 싶어 모래집으로 살그머니 기어 들어오는데요 한 달 동안 쌓아놓은 내 양식, 한입에 먹어치우면 박꽃 소리 없이 오므라지고 모래지붕 무너져 내리는데요 새하얀빛 잃은 나, 화선지 위에 푸른 물감 쏟아붓는데요 자꾸만 서쪽 수평선으로 기울어지는데요 그는 내가 풀어놓은 새벽빛 바닷물 속으로 잠겨드는데……

새벽빛 화선지 위 모래꽃잎 찍히는 어느 보름날이었어요

어느 시인의 죽음

갑신년사월십오일새벽4시양귀비꽃이그려진 이
스탄불호텔401호에서한국의무명시인C죽다 이
슬람교도들이확성기를틀어놓고코란을낭송하
는가운데돌관에묻히다

2004.4.15 터키 CNN방송

새벽 이슬람 사원에서 들리던

절규하는 듯, 숨이 멎는 듯한 기도소리는

외할머니가 돌아가셨을 때 통곡하던

어머니의 애절한 곡소리다

블루 모스크의 푸른 타일 바닥에 이마를 박고

무릎이 닳도록 기도하던 구슬픈 기도소리는

죽음을 예견하던 장엄 미사곡이다

영혼 밑바닥까지 일깨우는

이슬람교도들의 새벽 종소리는

보스포러스 해협*을 울면서 건너온

내 아둔한 쇠귀를 잡아당기며

죄의 시원始原을 묻고 있었다

내 흐려진 샘물에 돌을 던지고 있었다

금이 가고 부서지면서

허망의 늪을 가득 메우던

푸른 눈으로 빛나던 새벽 돌들

언제 내 머리 위에 첨탑 하나 세워 본 적 있었던가

하늘로 한번 솟구쳐 보지도, 큰 소리로 한번 울어보지도 못한

내 한 생이
아름다운 블루 모스크의 푸른 돌 속에 묻히고 있었다
이천 년 전 에페소에 묻힌 사도 요한의 돌무덤을 생각하며
나는 노을빛 양귀비꽃 속으로 들어갔다

*아시아와 유럽을 나누는 해협으로 터키어로 '보아즈(소)'를 뜻함. 헤라가
제우스의 바람난 여자를 소로 변하게 하였는데, 소가 된 그녀는 이 해협을
울면서 건넜다고 함.

하늘새 1
– 붉은 별자리

나스까 고원 위 4,000m 고공에서만 살며, 날개 길이가
90m, 몸길이가 2Km에 이르고 한 시간에 120km 날 수 있
다는, 타고난 섬세한 오감과 예리한 판단력은 수백 미터 밖
에서 나는 미세한 소리도 들을 수 있다는, 집채만한 은백색
날개를 펼쳐 태양 신전이 있는 마추픽추 산정을 날아 오른
다는, 높이 멀리 날았으므로 아무도 그에게 접근할 수 없다
는(사람들의 낮은 눈에는 한 점으로 멈춘 것처럼 보이나 은
빛 한 획을 긋기 위해 사력을 다해 허공을 날갯짓했음을),
죽기 전 태양을 향해 하늘의 천정까지 비상하여 불 속에서
눈부시게 춤을 춘다는, 죽어서야 딱 한 번 땅에 발을 디딘
다는 새

한 획을 긋기 위해 홀로 허공을 날아야 했던
그의 책장을 넘기며
사람들은 한 숨도 잘 수 없다는데
태양도 하늘천정에 새겨진 붉은 별자리를 보며
한 발자국도 움직일 수 없다는데

하늘새 2
– 뼈만 남은 언어

홀로 고공을 날며 땅에 내려오지 않으리
어중이떠중이 새들이 사는 땅
갈고 닦은 은빛 날개를 넘보며
먹을 수 없는 언어를
설사 입에 넣는대도 소화불량의 언어를
낚아채어 자신의 배를 채우고자 하는
하찮은 것들이 득실대는 땅으로 내려오지 않으리
4,000m 고공을 비행하다 은빛 날개를 잃는다 해도
칼바람에 하얀 뼛가루로 부서진다 해도
이 땅에 내려오지 않으리
눈 붙일 곳 없는 황량한 하늘 가
핏발 선 눈으로 경계를 풀 수 없을지라도
큰 날개를 펼쳐 하늘을 품으리
묻힐 무덤이 없어도 죽는 날까지
인디오의 자존심을 하늘에 심으며
결코 하늘에서 내려오지 않으리

나는 콘도르의 뼈를 깎아 만든 피리를 불며
홀로 외롭게 반짝이던 그의 영혼을 생각하며

뼈만 남은 나의 언어를
찬바람 부는 겨울 하늘에 뿌린다

큰 소리

열매 다 떨군 고추 남구 하나

배배 말라비틀어진 대궁 겨우 땅에 가눈 채

끝물 든 가을 햇빛 한 오래기 붙들고 서 있다

하늘을 붉게 물들이며 들판을 지휘하던

꼿꼿한 대궁인 적 있었던가

― 금싸래기 빼꼼히 찬 열매를 달아야 해여

  그래야 에미는 나중에 큰 소리 칠 수 있을끼여

― 어무요, 큰 소리가 뭐 그리 대수입니꺼

신새벽부터 불협화음 땅을 갈아

푸른 줄기 세우려 세잇단음표로 노래 부르지 않았던가

이제 찬서리 내린 들판 합창소리 들을 수 없고

하늘 위에서 검은 커튼 떨어지는 소리

들쥐도 눈여겨보지 않고 덤불 속으로 숨는

젖은 발등 위 엷은 햇살마저 거두어가는 어스름 저녁

– 어무요, 큰 소리가 무신 소용 있습디꺼

병산서원

– 만대루 서방님께

내 가까이 오지 마시라예
서방님 생솔 내음 나는 누마루에
내 젖몽오리 불어 앞섶 흥건히 적십니더
그쯤 거기 고대로 서 있으라예
석달 열흘 동안 내 실한 밑동 베어
끌로 정성드레 다듬어놓은 서방님집
단디 지키고 서 있으라예
행여 발걸음 한번 잘못 내디디면
지금껏 버티고 서 있던 열기둥
쬐끔이라도 흠날까 걱정됩니더
그쯤 거기 고대로 서 있으라예
내사마 사시사철 초록가슴 병풍처럼 펼치고
서방님 단디 지켜주고 안 있능교
서방님 공부하다 지치면
사백 년 동안 내 영매한 가슴 받아 흐르는
말간 강물 한번 들여다보시라예
내 병산의 푸른빛에 시눈 밝아집니더
하모 사시사철 서방님 초록초록 시방울 맺히는
참한 가슴을 지닌 내 안산案山 만한 게

영남지방 어디 또 있을라꼬예
서방님 천년 뒤에도 거기 서 있으라예
초록젖 먹은 내 새끼들 고만고만 자라서
못 다한 제 에미 말 먹물빛 풀어
낙동강 푸른 물에 새기고 있을깁니더

손
– 어머니 1

어스름 봄날 저녁 7시

병원 다녀오는 길에 멈춰 선 아미가 호텔 앞

Lovely White Day의 불빛이 붉은 강물로 흐르네

강물 속에 내 눈물 닦아주던 가시사랑 흐르네

어지럼 일으키는 구토하고 싶은 봄날 저녁

내 눈물 닦아주던 하얀 손 어디로 갔나

물 한 방울 스며들지 않는

하얀 고치 같은 어머니

큰 산을 울리던 차랑차랑한 목소리 들리지 않고

험한 물살 막아주던 장대 손 보이지 않네

무거운 돌 밀쳐내고 맑은 물로 이 몸 닦아주던 손

제발 꺼내 보세요

빈 들판에 남은 허허껍질 지푸라기 손만 보여주시나요

어지럼 일으키는 구토하고 싶은 봄날 저녁

눈물 닦아줄 손 하나 없는 세상

저도 어머니 담그신 강물 속에서 나오지 말까요

반원
– 어머니 2

아기는 엄마의 자궁에서
반원의 자세로 웅크리고 있다가
엄마의 배가 봉긋이 반원으로 솟아오르면
이 세상에 태어난다

엄마의 봉긋한 두 개의 젖무덤에서 흐르는
젖을 먹고 자란 아기는
자라면서 엄마처럼 가슴에 두 개의
젖무덤을 만든다

하얀 백지 위에 완전한 원을 그리기 위해
반원인 두 개의 젖무덤으로
젖을 물리고 어르며 컴퍼스를 돌리지만
컴퍼스의 두 다리는 언제나 기우뚱거린다

반원의 젖무덤에서 죽음을 읽고 한순간 조용해지는 세상

등이 반원으로 휘어진 채
태아처럼 웅크리고 있는 나의 어머니

온몸에 숭숭 뚫린 컴퍼스의 바늘 자국
완전한 원을 그리기 위해 평생 얼마나 안간힘을 썼던 것
일까

하얀 눈 쌓인 겨울 아침
중환자실 유리창에 어리는 눈부신 햇살, 그 너머
젖무덤처럼 봉긋이 솟아오르는 봉분
이 세상에서 그리지 못한 나머지 반원을 그리기 위해
지금 막 엄마 집으로 한 발짝 내딛고 있는, 아이처럼 해
맑은

원서헌에서
- 어머니 3

봄 햇살 아기손처럼 고물고물
물레, 낮달맞이, 술패랭이, 현호색 간질이며
연노랑 분홍빛 보랏빛 웃음을 터뜨리는 곳
차를 몰고 온 석탄빛 손들이 놀라
길 옆 오이넝쿨 아래로 숨는 곳

나는 방금 돌 지난 앉은뱅이꽃이에요
나는 그저께 이사 온 우산꽃이에요
에헴, 나는 60년 전 애련분교 때부터
이 학교를 지켜 온 부처꽃이지
우리 모두 할미꽃에게 큰절을 드리기로 할까요
까르르 웃음소리에 연못 속 청개구리 수련 위로 뛰어오
른다

교실 차양 아래 서 계시던 어머니
흰 수건 벗으시며 들판을 향해 손을 흔드신다
탁번아 이제 그만 놀고 들어와 저녁밥 먹으야제
초가집 위 저녁연기 피어오르고
풀물 든 손을 힘껏 쳐들고

봄아지랭이 가물거리는 논둑을 뛰어온다

쑥빛 검은 손 잡으며 반기시는
청동빛 주름진 얼굴
병상에 누워 계시는 어머니를 생각하며
가만히 손 내민다
어머니, 자리 훌훌 털고 이제 그만 일어나세요

우물
– 어머니 4

텅 빈 우물 속에 들려오는 통박* 소리
하늘 천정을 찌르며 카랑카랑 큰 소리로 울고 있네요

당신이 떠나신 후 내 우물은 말라 한동안 소리가 사라졌
지요 소리 없는 풍경은 읽을 수도 쓸 수도 없는 무성영화처
럼 그냥 저 혼자 돌아갔어요 빨간 고추잠자리가 그리던 포
물선, 분꽃 향이 번지던 여름 화단, 초가지붕 위 만삭의 배
를 안고 누워 있던 누런 호박덩이, 볏잎을 사각사각 날아오
르던 메뚜기들의 합창 소리 들리지 않았어요 당신의 탯줄
이 부려놓던 눈부신 길들 이름표 단 내 손을 잡고 걸어가던
하얀 신작로, 동생들과 반딧불이 붙이고 뛰어다니던 골목
길, 미루나무 둑 사이로 흐르던 시냇물 소리 모두 어딘가로
숨어 버렸어요 한지에 먹이 스미듯 어딘가에 다 스며들었
어요 나는 가뭄에 쩍쩍 갈라지던 논밭처럼 잡초 우거진 폐
가처럼 땡볕에 앉아 멍하니 하늘만 쳐다보고 있었어요

웬일일까요 가을 하늘을 쳐다보는 내 눈 속에
찰랑찰랑 스며드는 저 소리는?

하늘 중심에 앉아 계시는 당신
하늘빛 담은 고추잠자리 얇은 날개를 펼쳐
초록의 새끼 호박들을 쑥쑥 낳고 있군요
– 자 이제 일어날 시간이구나
우물을 울리는 통박 소리에서 내 삶의 박자를 맞추는
카랑카랑한 어머니의 목소리를 듣는 가을 아침
누워 있던 길들이 일제히 소리치며 일어서는

*이란의 전통 타악기로 메트로놈처럼 정확한 박자를 맞춤

비석
– 어머니 5

천보산 한 자락
하늘이 닿일 듯한 높은 산꼭대기
들꽃 하얗게 나부끼는 곳
慶州 金氏 데레사의 묘 앞에 세워진 비석
"야훼는 나의 목자, 아쉬울 것 없어라. 푸른 풀밭에 뉘이
시고, 물가로 이끄시니."
하늘과 땅이 만나 흙 한줌 물방울 되어 하늘로 오르셨
으니
이 세상의 욕망과 슬픔 풀잎의 이슬처럼 사라졌으니
가을 하늘 담은 비석은 티 하나 없이 맑고 고요하다
어머니께 절을 드리고 돌아서서 산중턱을 내려오는데
무덤 앞에 세워진 수많은 비석들
그들이 생전에 싸워야 했던 몸들이 나를 잡고 놓지 않는다
7가지 미덕과 악덕을 비석에 새겨 놓았던
브루스 나우만*의 겹쳐진 단어들이 내 몸에 말뚝을 박는다
나는 들꽃 옆에 서서 설익은 도토리 열매처럼 가지를 놓
지 못한다
어머니 내 몸 안에 마름질 해두신 미덕의 속옷은 예쁘게
지어 주시고

허투로 걸치고 다니는 악덕의 겉옷은 태워 주세요
속옷만 입고도 당당히 걸어다닐 수 있게 해 주세요

*맨하튼의 MOMA 전시장에 미국 작가 Bruce Nauman은 7가지 미덕과
악덕, Prudence&Pride, Fortitude&Anger, Faith&Lust, Hope&Envy,
Charity&Sloth, Temperance&Gluttony, Justice&Avarice의 단어들을
비석에 겹쳐 새겨 놓았음.

3부

■ 시인의 얼굴과 육필

화석 사랑

정영숙

얼씨구나
저 멧노랑나비
진노랑에 미쳐 빠져든다
눈알이 팽팽 도는 순간
날개에 수천 개의 꽃이 깔린다
이제 내 몸은 내 몸이 아니다

이슬 한 방울
하늘 한 조각 볼 수 없는
어둠 속
세상의 · 모든 색을 버리고
나무에게 소소공양한

진노랑 호박 속에 빛나는 사리 한
알

4부

새벽 3시를 그리다

파고波高

제브라라고 불리는 털복숭이 거미라는 놈은
280Hz 미만 소리에서는 공격을 하지만
400Hz 이상 소리에는 뒤로 물러선다고 한다
몸속에 숨기고 있는 청각 기관뿐 아니라
몸을 뒤덮고 있는 털도 청각 역할을 한다니
꽁무니에 뽑은 독한 실로 서로를 옭아매는 세상
푸른 잎새에 은빛 이슬을 달려는 찰나
날아온 돌멩이에 피멍이 드는
내 애비가 물려준 타고난 직관으로 짠
고감도의 내 털복숭이 옷은
잔가지를 건너뛰는 트릭의 발소리에는 꼼짝도 않는다
날 심장을 파헤치며 달려드는 맹수의 발톱, 거짓 술수
내 조상의 내력을 들추며 화살을 겨누는
소리의 파고도 모르고 다가서는
200Hz의 찢어지는 듯한 너의 북소리
나는 참았던 독침을 뽑아 너의 정수리를 찌를 것이다
나를 주눅들게 하고 꼼짝하지 못하게 하는 건
400Hz 이상에서 나는 영혼을 울리는 종소리다
푸른 잎새에 물구나무 선 은빛 이슬인 시다

멀리 높게 울리는 종소리의 파고를 읽지 못하는 자
내 옆에 오지 마라
하찮은 소리로 세상을 오염시키는 너에게
나는 언제나 공격할 만반의 준비가 되어 있다

새벽 3시를 그리다

나는 새벽 3시에 연꽃을 생각한다

가시연꽃 봉오리를 그린 다음 가시연꽃이 피어 있는 아
래쪽 화폭에 강물을 흐르게 한다 블루마린 물감을 잔뜩 푼
후 강물 속으로 뛰어든다 순간 네가 사는 아파트에 불이
켜지고 나는 왼쪽 화폭에서 네가 있는 오른쪽 화폭으로 단
숨에 헤엄쳐 간다 블루마린이 울트라마린 블루로, 울트라
마린이 플러시안 블루로, 플러시안이 하이드라젠지아 블
루로 깊어지고 아, 덤불해오라기의 깃털에 찔려 내 손끝과
발끝에 쏟아지는 검붉은 피, 붉은 피는 불빛에 불빛은 강
물 빛에 섞여 하얀 빛이 된다 강물을 다 들이마셔 공기처
럼 가벼워진 몸, 새벽을 뚫고 동그란 물방울 되어 하늘로
날아오른다

숨 쉬지 않고 건너간 몇 초의
붓 끝이 보이지 않던 하얀 시간, 잠시 새벽 3시 지나
붉은 빛으로 채색된 가시연꽃 한 송이 화폭에 그려진다

방울소리

아침 잠결에 사막에서 울리는 방울소리를 들었다
어젯밤 펼쳐 놓았던 책장 위에
모래 쓸려간 흔적이 보였다
누군가 내게 길을 내며 걸어갔었나 보다
낙타 목에서 떨어진 방울소리만 남아
아침 공기를 진동시키고 있었다

모래바람 불던 메마른 사막
지평선도 보이지 않던 막막한 사막
갈증으로 입술이 부르트고
하늘이 노랗게 익어가던 사막
한가운데

나는 책장을 펼치고
무언가 열심히 소리내어 읽고 있었다
소리는 뜨거운 모래무덤 속으로 기어들고
내 눈은 불붙는 태양 속에 갇힌 채
울고 있었다

마침내 소리는 길을 내고
물방울이 되어 튀어오르더니
푸른 풀이 솟아오른 고비의 땅으로 나를 데려갔다
내 젖은 가슴속으로 누군가 걸어 들어오는 순간
모래이랑 속에 얼핏 비치는
수천 년 전 타클라마칸 사막을 건너오던
낙타 한 마리를 보았다

그가 남긴 방울소리가 아침 공기를 깨고 있었다

해오라기에게

– 완희, 성희, 지선이에게

슬퍼하지 마라
네가 앉았던 종려나무 가지가 힘을 잃었다고
너의 비상을 위해
나무는 땅 밑에 뿌리를 내리고
외로움을 견디어 왔다
둥지를 떠난다고 슬퍼하지 마라
날개를 활짝 펼치고
저 푸른 창공을 날아가렴
낮은 곳에 있으나 높은 곳에 있으나
우리 모두 외로워한다
하느님도 외로워 금빛 가루를 뿌린다
하늘 높이 나는 새의 날개가 더욱 빛나는 건
하느님이 태양의 맷돌을 갈아
금빛 가루를 뿌리기 때문이다
둥지를 떠난다고 울지 마라
나무는 땅 밑 낮은 데 오래 뿌리를 내려
종려나뭇잎을 빤짝이며
바다 밑 낮은 곳에서 견딘 고래는
솟구칠 때 빛나는 물보라를 일으킨다

뒤돌아보지 말고 높이 비상하라
혼자 외롭게 계신 하느님 가까이서 더욱 빛난다
낮은 데 있는 우리는 어깨동무하며 외로움을 견딘다

봄비

봄비 양철지붕 위
캐스터네츠 울리면
도톨도톨 솟아오른
왼쪽 엄지 사마귀 위로
트라이앵글 화답하며 낙숫물 떨어진다

사마귀 긴 뒷발에 무명실 묶어
내 손등 위에 올려놓던 남동생
도레미파솔라시도
도시라솔파미레도
생철 실로폰 친다

정지 언니 장독대에서
부산히 꺼내온 항아리
처마 밑에 받치면
오지항아리에 떨어지는 빗방울
쿵따닥 쿵따닥 큰북 작은북 장단 맞춘다

안방에서 큰기침 하며

나를 부르는 외할머니 목소리
― 코뿔 든다 손 닦고 퍼뜩 들어오너라
쾅 하는 심벌즈 소리에
검은 고무신 댓돌 위에 내동댕이친다

안마당에 들리던 리듬합주
비 오는 남한산성에서 듣는데
안개 덮인 앞산, 콧물 닦아주던
외할머니 포근한 무명치마 되어
눈에 뿌옇게 어린다

개미

개미야 개미야 일개미야
가을 햇볕 따사한 그루터기에 앉아 잠시 쉬었다 가렴
붕대 감은 손으로 분주히 먹이 나르는
네 모습이 정말 안쓰럽구나
나야 빛깔 고운 명주옷 걸치고
네가 물어다 주는 빵조각으로 사시사철 노래만 불렀지
심심하면 저잣거리에 나가 머리 꼭대기 고깔 얹고
빈 소리 나는 엽전통 앞에서 배뱅이처럼 배뱅글 돌았지
어떤 이는 붉은 홍시 던져놓고 가고
어떤 이는 시큼한 막걸리 한 잔 사주더구나
다시 태어나면 너를 여왕개미로 모실게
튼실한 구릿빛 팔뚝의 일개미로 태어나 벽돌이라도 짊어
질게
그때는 동구 밖 그늘에 쉬며 신명나게 노래도 불러보고
낮잠이나 늘어지게 자려무나
해지면 주막집에 들려 대포도 한 잔 하고
개미야 개미야 평생 일만 하는 미쁜 개미야

반딧불이
- 완희에게

볼티모어의 여름 밤하늘

호박꽃 순한 가슴에 반딧불이 빛나고 있었네

스무 살, 내 긴 철로변에 빛나던 반딧불이 날고 있었네

자줏빛 신호등 손짓하는, 상주에서 서울로 가는 긴 열차 속

학구열에 불타던 머룻빛 눈망울 있었네

반딧불이 온몸에 붙이고 후암동 어둔 골목길을 내달리던

밤낮없이 석탄을 캐내던 쥣빛 가난한 가슴이 있었네

시골 장독대 위 맹물 떠놓고 빌던 어머니의 탱자빛 간절
한 두 손이 있었네

우리 아이의 호박빛 순한 가슴에 훈장처럼 빛나는 반딧
불이

허름한, 긴 흑인가를 지나 당도하는 죤스 홉킨스의 실험실

옻칠한 어둔 거리를 불 밝히며 쉬지 않고 빛을 뿌리고 있
었네

외손주 장한 모습 보고 싶어 삼베옷 걸친 채 맨발로 달려
오신 어머니

볼티모어의 잔별 되어 무명빛 따사한 눈빛 보내고 계셨네

직지사 새

직지사 겨울
대웅전 소나무에 앉았던 도요새
오늘 아침
내 투명한 거울 속으로 날아왔다
머리에 반짝이는 금관 달고

쌀 한 톨 없는 언 지푸라기 물고
황악산 골짜기를 맴돌던 새
직지사 개울가 얼음 깨고
아기 누치 이불 덮어주던 새
허기 달래려 부르튼 입술로
온종일 사랑가 불러주던 새

따스한 깃털로
내 성긴 비늘 부비며
모락모락 불 지펴 얼음 녹이던 새
산그늘 눈썹 밑에 내리면
젖은 깃 붉게 물들이며
황악산 골짜기로 날아가던 새

직지사 깊은 개울 속에 살던 누치
산사의 종소리 들으며
혼자 길을 내더니
하늘을 가슴에 안았다
하늘 높이 날던 도요새를
오늘 아침 내 거울 속으로 불러왔다

저물녘 풍경화

저물녘 젖은 몸에서 울리는 벨 소리는
봄비에 젖은 버들잎의 삘리리 삘리리 소리다
보리밭 위로 날아오르는 초록초록 종다리 소리다
비 비애 비에
한껏 젖은 후에야 나오는 맑고 투명한 음색

가물 못자리에 배어드는 논물처럼
가슴에 스며드는 당신의 목소리
생이가래에 매달린 게아재비 물감 짜느라 손사래치고
소금쟁이 긴 수염으로 물빛을 갈아놓는
따오기 흰 날개 저녁빛 하늘 도화지에 붉게 찍히는

죽음을 향해 그는 땅으로 내려온다

참새를 잡기로 한다
싸리나무 가지로 소쿠리를 받치고
가지와 오른쪽 중지를 굵은 무명실로 연결한다
공기의 미세한 움직임도 감지하는
특유의 무명실은
하늘을 등지고 땅으로 내려오는
그의 낮은 길을 안다
높이 쳐든 손가락이
오월의 투명한 공기를 가르는 순간
팽팽한 실 끝에, 깃털
E음의 소리 내며 떨리고
무명실 하얀 현에 붉은 핏방울 맺힌다
피치카토를 긁던 맨살의 활, 그 무게 잃고
수직으로 땅에 꽂히면
동그마니 햇살 한 점 소쿠리 안에 남는다
활 끝, 공중에 점을 찍을 때
한 점 햇살마저 어둠 속으로 사라진다
따스한 깃털 내 손바닥에 남아
중지에 감긴 실 풀지 못하는데

그의 슬픈 노래
미루나무 잎새 되어 하늘에 눈부시고

단지 북쪽에 태풍이 불었을 뿐이다

낚시 바늘에 심장이 꿰였다고 생각하는
곤이라는 물고기
아가미 벌렁거리며
위해의 바닷가에 누워 있다
햇빛 속 꽃그늘 찾아
사력을 다해 하늘로 솟구치다
물 밑바닥에 뒹굴다

누가 물고기에 낚시를 던진 것인가
물고기에 낚시를 던진 이 없으니
낚시에 걸린 물고기 없다
바람 따라 북해를 헤엄쳐 간 그가 있을 뿐

내 몸의 아홉 개 구멍을 죄다 열어
하늘에 대고 피리를 분다
피리 소리 일렁이는 물결 만들고
벗겨진 비늘 물방울 되어 하늘로 오르더니
곤이라는 놈, 붕새의 이름 달고
구만 리 회오리바람 타고

내게로 내려온다

피리 분 사람 없으니
피리 소리 들은 사람 없다
바람이 구멍을 열어 소리 냈을 뿐
단지 북쪽에 태풍이 불었을 뿐이다

물속의 집

　잔물결 하나 일지 않는 잔잔한 수면, 노을빛에 알맞게 데워진, 이제 맨몸으로 들어와도 등뼈 시리지 않을 따뜻한 물속이야. 여기 우리 같이 바라보았던 그때의 푸른빛 인수봉도 들어와 있네. 사루비아 붉게 피던 4·19탑도, 추운 겨울 외투를 깔아 주던 무덤도 있네. 당신과 같이 부르던 그때의 싱싱한 음표들도 아직 떠다니고 있어. 무슨 노래였지? 응 "라 콘돌 파싸"였지. 당신과 나, 동그랗게 말은 몸을 융단에 싣고 구름 위를 날아오르던. 이제 어깨에 짊어진 짐 죄다 내려놓고 물속으로 들어와. 너무 오랫동안 기다렸잖아. 우리 함께 보려 했던 불새 말이야. 백년 만에 딱 한번 인수봉을 날아오른다는. 이제 막 인수봉 위를 날아오를 때가 됐어. 저기 봐. 인수봉 위에 불도화가 피고 있어. 불새가 날아오르는 순간 우리는 한 몸이 되는 거야. 이제 다시는 떨어지지 않고 영원히 살, 당신과 나의 집을 짓는 거……야…… 아, 눈이 부셔 아무 것도 볼 수가 없…… 어…… 지금 막 불새가……

겨울강

간밤에 울음 울다 지쳐
돌아누운 겨울산
눈 가장자리 아직도 푸르스름한데
눈 덮인 길을 몇 천리 달려 와서야
서걱이는 갈대들 마른 눈물 닦아 준다

내 몸 따라 쉴 새 없이 흐르던
수천수만 개의 물줄기
손 시리다고 칭얼대는 바람 소리에
떨어진 낙엽 보다듬으며
남쪽으로 남쪽으로 흐른다

여태 내가 만든 그늘에 숨어
보이지 않던 사람
오늘은 고개 숙이고 걷던 뒷모습
그대 굽은 등까지 선히 보이는
햇빛 한 다발 내 가슴에 안고 간다

너무 오래 떨어져 있어

그립다는 말조차 할 수 없었다
그러나 당신에게 가기 위해
입 다문 얼음 속에서
몸을 깎는 수천 개의 눈꽃송이

– 춥지 않아?
가만히 외투 여며주는 눈꽃 날리는 용담댐
아린 세월 녹이며
우리 여기 수만 톤의 사랑으로 흐른다
저무는 강물빛이 환하다

요한 바오로 2세 추도미사에서

울어매 40년 동안 밭이랑에서 골라놓은 돌멩이

가시내 소쿠리에 이고 간다

가시나무에 걸려 넘어지고 발등에 핏물 흥건히 고인다

콩나무에 달린 콩꼬투리 웬만큼 익었나 돌아보아도 아직
여물지 않고

가시내 흰 수건 밑 허연 머리칼 날리며

키가 자꾸만 작아지는데

땅 가까이에 내려앉는데

이제 머리에 인 돌 소쿠리 땅에 내려놓으라 한다

핏물 든 고무신 벗어놓고 맨발로 푹신한 밭두둑에 서 보
라 한다

돌 골라내지 않아도 저 혼자 잘 익을 테니

땅보고 절이나 하라 한다

행복하다고 웃으며 이제 땅에 입 맞추라 한다

2005년 4월 5일 저녁 6시 명동성당 요한 바오로 2세 추
도미사에서

나는 맨땅에 엎드려 통곡하고 있었네 절하고 있었네

5부

카르낙 카르낙

뉴욕 1
– Night*

센츄럴 파크에서 만난 흑인 소년
캔버스 안에서 밤하늘 별떨기처럼
빛나는 그의 눈은
진흙 속에 피어난 한 송이 연꽃이다

화가의 연필 끝에서
미동도 않고 꼿꼿이 앉아 있는 그는
방금 전 메트로폴리탄에서 만난
한 생을, 몇 세기의 어둠을 건너 온
'Night' 처럼 말이 없다

입을 떼고 싶어도 입을 뗄 수 없는
상실의 아픈 돌덩이
조각가는 흠집과 상처투성이의 돌을 다듬어
어둠을 빛으로 바꾸어 놓았다

그 빛은 어둠과 적막을
혼자 견뎌낸 자의 것
누구도 감히 침범하지도

강탈하지 못하는 신성의 것이다

흑요석처럼 빛나는
그의 눈동자와 마주치는 순간
내 가슴에 환한 등불이 켜지고
한 송이 연꽃이 피어난다

모처럼 얻은 보물을 잃을 수 없어
센츄럴 파크의 녹음 뒤에 숨어 한참 동안 숨죽인다

*Night : 고개를 숙인 채 두 손으로 무릎을 감싸고 있는 브론즈로 된 이 작
  품은 1902년 불란서 조각가 Aristide Maillol가 제작함. 메트로폴리탄 뮤
  지엄 1층 홀에 전시되어 있음.

뉴욕 2
– 마야의 거울

81 Street & 6th Ave에 있는
내셔널 히스토리 박물관 마야의 전시실
원반처럼 생긴 태양력
태양의 빛살이 사방팔방 길을 내고 있는
큰 돌덩이 앞에 멈춰 선다
수천 년 전 마야의 신은 이미
내 별자리를 정해 놓고 내 운명을 예견했던 게 아닐까
○년 1월 21일 물병좌에 태어나
누구랑 결혼을 하고
세 아이의 엄마가 되어 한 가정을 꾸려가라는
그러나 그의 말을 거역한
허튼 글을 쓰는 글쟁이를 혼줄내 주기 위해
2006년 6월 2일 마야의 전시관에서
삼천 년 동안 기다렸던 건 아닐까
아무리 도망쳐도 도망칠 수 없는 운명의 사슬을
마야의 신 케찰코아틀은 내 목에 걸어두었던 게 아닐까
지름 4미터의 거대한 원반 위에서 발을 떼어놓지 못하는데
케찰코아틀은 빛보다 빨리 내게 다가와
돌거울에 비친 전생과 내세의 내 모습을 환히 보여준다

허튼 글 허튼 욕망에서 벗어나기 위해 도망 온
거울 속에 갇힌 나를 쳐다보며 비웃는다
내 길이 정해진 마야의 태양계에서 꼼짝하지 못하고
나는 아예 돌 속에 갇히기로 한다
유리알처럼 맑은 돌거울 속으로 들어가
한 점 흔적없이 사라지기로 한다

뉴욕 3
– 뉴욕 필하모니

여름 내내
높은 C음에서 반음도 내리지 못한 채
마구 울림통만 부벼대는 매미들
조율 기관이 고장이 난 것인가

소리는 그냥 내뱉는 것이 아니라
마음의 파동이 공기를 진동시켜 나오는 음이다
영혼이 깃들지 않는, 울림이 없는 소리는
소음일 뿐 소리는 아니다

#과 b의 음정도 구별 못하고
건반을 헛디디는
반음의 아픔도 감지할 줄 모르는
사람들의 겉치레 말들이
여름 내내 울어대는 매미소리처럼 시끄럽다

올여름 맨하튼에서
딸아이와 함께 들었던
뉴욕 필하모니는 완벽하지 않았던가

링컨 센타 Avery Fisher Hall에서
말러의 심포니 1번을 들을 때
내 손을 가만히 잡아주던 딸 아이
그는 바이올린을 공부해서가 아니라
세상의 현을 마음대로 조율할 수 있는
소리를 알고 있었다

카멜에는 낙타가 없다

샌프란시스코에 있는
카멜(Carmel)이라는 도시에 와서
카메라로 카멜이 아닌
갈매기를 외로운
갈매기를 찍는다
카라멜도 카메라도 아닌 카멜에 와서
카멜에 있는 페블 비치(Pebble Beach)
하얀 자갈돌이 깔린 해변의
하얀 갈매기를 외로운 갈매기를 만난다
카라멜도 카메라도 아닌 카멜에 와서
카페의 거울 앞에 앉아
거울 속에 들어오는 페블 비치
페블 비치의 하얀 자갈돌을 본다
해질녘 카멜의 12번지에 있는 죤 스타인백의
검은 자갈돌이 깔린 포도를 넘어와
집으로 돌아가는 길을 잃지 않으려고 던져 놓았던
하얀 자갈돌을 와인 잔 속에서 만난다
달콤한 카라멜도 카메라도 아닌 카멜에 와서
붉은 노을을 마시며 하얀 자갈돌을 공기돌로 주워 올리면

페블 비치도 카멜도 외로운 낙타도 사라진다
죤 스타인백의 분노의 포도도 사라진다
빈 잔 속에 고향의 작은 골목길이 들어와
박꽃 같은 어머니의 새하얀 손이 등불을 켜는
카멜의 찬별들이 어머니의 따스한 눈빛이 되는
2002년 쌩스기빙 데이

카르낙 카르낙

카이로에 있는 파피루스 공장에서 '카르낙 카르낙' 울리는 당신의 노래 소리 들었네 딱딱한 갈대 줄기를 물에 담갔다 물렁물렁해지면 씨줄 날줄 엮어 파피루스 종이를 만든다는 설명을 들으며 '카르낙 카르낙' 당신의 어여쁜 노래 소리 듣는다네 나일강변의 서걱이던 바람 소리와 뜨거운 햇빛 다발 두르고 사바나 깊은 늪 깊숙이 잠겨들어 거친 세월 비음으로 흥얼거리던 원시의 싱싱한 초록빛으로 물들이던 악어 이빨처럼 단단한 뿌리를 박고 섬유질 한올 한올 부드럽게 풀어놓던

노래 소리에 내 손가락에 감긴 실 스르르 풀리고 올리브 나무 가지 위 금빛 은빛 실로 엮어진 새 한 마리 갈대빛 파피루스에 그려지네요 카르낙 신전 성벽에 부조된 삼천 년 전 올리브 나무 위에 앉아 '카르낙 카르낙' 노래 부르던 꽁지 아름다운 새, 그 새가 바로 당신이었나요

나일강에서 만난 수피새

카이로에 도착해서 기자에 있는 피라미드를 본 첫날 밤
나일강 선상 쇼에서 알록달록한 스커트를 입고
수피춤*을 추는 남자 댄서에게 정신을 빼앗겼는데요
탬버린과 북에 맞춰 춤추던 그가
갑자기 한 손으로 나를 번쩍 안고
그의 머리 위로 정신없이 돌리는 게 아니겠어요
지구가 세계가 한 방향으로만 돌아가는데요
밤의 나일강이 나를 싣고 어디론가 흘러가는데요
윙윙 부는 바람 소리는 기자의 사막에서 본
웅대한 피라미드 문 앞에 나를 내려놓네요
파라오가 무덤에서 일어나 아누비스*를 데리고 오네요
내 몸에 둘둘 감긴 흰 천을 풀려고 하는데
오시리스*는 접시 위에 올린 내 심장이 마아트*보다 무
겁다나요
죄 많은 나는 영영 하데스에서 살아야 할까요
나는 그의 손끝에서 팽이처럼 울면서 돌아가는데요
소나기처럼 쏟아지던 그의 땀방울이 내 몸을 적시자
이승에서 지은 내 죄가 죄다 씻겨 나갔어요
순간 무대 천정에서 별처럼 반짝이던 생명의 앙크가

내 입 안으로 쏟아져 내렸어요
깃털보다 가볍던 그의 몸을 빌어
나는 이 세상에 다시 태어났지만
내게 생명을 준 그 새는 지금 어디에서 몸을 줄이고 있을
까요

*수피춤: 빠른 템포의 음악에 맞춰 한 방향으로만 계속 도는 춤으로, 이슬
  람교의 고행 방식에서 나온 춤을 말함.
*아누비스(Anubis): 개의 가면을 쓴 신으로, 1차 심문 때 파라오가 미라 앞
  에 데리고 옴.
*오시리스(Osiride): 죽은 영혼을 심판하는 최고의 심판관.
*마아트(Maat): 진리의 신으로 깃털을 가지고 있음. 깃털보다 심장이 가벼
  워야 오시리스에게 생명의 앙크를 받고 부활할 수 있다.

팔로 알토에서 보내는 편지 1
– 민들레꽃

여기는
반전 시위로 온 거리가
쑥대밭이 되고 있는
샌프란시스코에서 20마일 떨어진
팔로 알토의 땅

새벽 3시 창밖에서 이름 모를 새가
'피스 피스' 소리내어 울며
내 잠의 머리맡으로 날아왔을 때
어제 내가 본 노란 민들레꽃 속으로
누군가 자전거를 타고 사라지며
'피스 피스' 하는 소리를 들었다

고국의 땅에서 본 노란 민들레꽃
진리의 노란빛을 띄고
평화스런 들판에 피어 있던 꽃

미국과 이라크의 전쟁을 반대하는 시위가
'피스 피스'의 새소리로 들려오는 새벽 3시

나는 무거운 가방을 멘 누군가
캠퍼스의 어둠을 뚫고
'피스 피스' 라고 쓰인 노란 꽃잎 속으로
들어가는 것을 보았다

팔로 알토에서 보내는 편지 2
– 네잎 클로버

팔로 알토의 동쪽 끝
에스콘디도 기숙사에서
10분쯤 풀밭 길을 걸어가 마주치는
스타벅스 커피숍

네잎 클로버를 손에 들고
커피숍에 들어섰을 때
테이블 위 〈뉴욕 타임즈 2003, Mar, 25 〉 1면
헤드라인에는 "U.S. Army dig in Baghdad"
숯덩이같이 큰 활자가 벽난로의 불빛을 받아
붉게 타고 있었다

불빛 속에서
나는 모카커피 잔 속으로 들어오는
여섯 살 난 계집아이를 보았다
방죽에서 네잎 클로버를 찾으며
미군이 던지고 간 쓴 가루커피를 빨던
1953년, 전쟁의 계집애

신문 한 자락을 적시고 있는
미군 아들을 잃고 오열하는 어머니를 보다가
나는 내가 찾은 네잎 클로버를 손에 들고
가만히 밖으로 나온다
외할아버지의 얼굴도 모르는
우리 아이의 두꺼운 책갈피 속에
아직 물기가 마르지 않는 네잎 클로버를 펼쳐 넣는다

오늘 마신 초콜릿 모카 맛이 쓰다

팔로 알토에서 보내는 편지 3
– 동그말 말

물 한 방울 나오지 않는 사막 한 가운데에 자리 잡고 있는 팔로 알토의 땅. 그 넓은 스탠포드 캠퍼스에 뿌리박고 있는 장대같이 높다란 소나무들. 그들은 용케도 밤에만 주는 스프링클러의 물만으로 애호박만한 솔방울을 주렁주렁 달고 있다. 누구에게도 말 한마디 걸 수 없는, 내 속마음을 드러내 놓지 못하는 답답함에 '엄마' 라고 불러본다. 엄마라는 동그란 낱말이 돌멩이가 되어 날아오르고, 그 힘으로 엄마의 젖무덤 같은 솔방울들이 내 발아래 수북이 쌓인다. 동그란 말을 담은 원추 모양의 솔방울에서 하얗고 달짝지근한 젖물이 흐르고, 동그란 말을 빠는 순간 송진 묻은 솔방울들이 내 혈관에 불을 일으킨다. 생솔가지 타는 아궁이 속의 불씨가 된다. 냉골의 구들장을 데우듯 내 가슴을 따듯이 녹인다. 동그란 말이 밝힌 어머니의 불씨는 팔로 알토의 황량한 가을 들판 너머, 태평양 건너 모락모락 저녁 연기 피어오르는 어린시절, 시골집 안마당으로 나를 데려다 준다.

앙코르와트

그의 몸속에 들어가 본 사람만이
막 피어나는 푸른 꽃봉오리가 불멸이라는 것을 안다
자칫 발을 잘못 디디면 천길 낭떠러지에 떨어질 것 같은
108개의 돌계단을 올라가서 만나는 옆얼굴
그의 심장 한복판 깊숙이 들어앉은 지성소
촛불의 그림자를 등지고 돌바닥에 무릎 꿇고
겨우 한 장, 불멸의 꽃잎을 만질 수 있었던가
부처의 맨몸에 서리서리 피어오르는 향불은
불멸을 만나기 위한 사람들의 간절한 입김이었으리라
활짝 피우던 허망의 붉은 꽃들을 버리기 위해
많이도 물기를 빼며 몸을 줄였으리라

세상의 붉은 꽃들, 그 흔적마저
물방울로 날려보내야 들어갈 수 있는 곳
그의 머리 꼭대기, 구름 속에서
석양 속에 솟아나던 푸른빛 연꽃봉오리, 크메르인들이
천년 동안 하늘 한복판에 걸어 놓았던
지지 않는 연꽃봉오리 다섯 개를 보았다

앙코르 톰

1
앙코르 톰이라는 대도시에 발을 들여놓는 게 아니었다
54개의 돌탑에 새겨진 200개가 넘는 바이욘 사원의 얼
굴들
탑 사면에 조각된 자비를 베풀 것 같은 보살의
넓은 이마와 두툼한 입술, 내리감은 눈을 믿는 게
더더구나 아니었다
나가神*이 그의 비늘 돋힌 긴 몸뚱아리에 태우더니
나를 하계下界로 데려간 것이다

2
피메아나카스 사원에서
나는 머리가 아홉 개인 뱀이 한 남자의 허리를
둘둘 감고 있는 것을 보았다
매일 밤 여자로 변해 왕궁의 황금탑에 올라
크메르 왕과 사랑을 나누던
하룻밤이라도 거르면 그를 죽이겠다던
사디즘적인 그녀의 사랑은
크메르 왕국의 혈통을 잇기 위함이었을까

이승에 이루지 못한 사랑에 대한 한풀이였을까
800년 동안 피메아나카스 사원을 지키던 그녀의 사랑이
천지사방 불립문자로 일어서더니
하찮은 사랑을 끌고 신성한 도시, 앙코르 톰에 들어선
가엾은 중생의 머리를 세차게 후려친다
한낮의 햇빛 속에서 내 몸뚱아리는 하얗게 빛을 잃고
우르르 몰려온 바이욘 사원의 고뇌에 찬 얼굴들로 그늘
진다

3
앙코르 톰을 빠져나오는데
양 옆에 서 있는 54개의 선신과 54개의 악신의 석상들이
한꺼번에 폭소를 터뜨린다
백팔번뇌를 이기지 못한 중생은 하계에도 들어설 수 없
다며

*나가神: 1개의 몸에 5개의 머리를 가진 뱀으로 물밑이나 땅속 하계에 살
  며 힌두교에서 물의 신이라 불림.

센츄리 플랜트

아리조나주에 사는 센츄리 플랜트라는 선인장은 25년
만에 한번 대궁에 꽃을 피우고 죽는다고 한다

그대 만나러
전생애를 맨발로 달려 왔으니
사막 한가운데서 찾은 나의 애인이여

오늘 밤 마디 끝, 성상에 불 밝히고
우리 여기, 청량한 하늘 베개 삼아
신방을 차리면 어떠하겠는가

오늘이 마침 만월일세

화석化石 사랑

얼씨구나
저 멧노랑나비
진노랑에 미쳐 빠져든다
눈알이 팽팽 도는 순간
날개에 수천 개의 핀이 꽂힌다
이제 내 몸은 내 몸이 아니다

이슬 한 방울
하늘 한 조각 볼 수 없는
어둠 속
세상의 모든 색을 버리고
나무에게 소신공양한

진노랑 호박琥珀 속에 빛나는 사리舍利 한 알

■ 시인의 꿈과 길

모든 사물로부터 자유로워질 때

1.

유한한 인간의 사랑으로는 인간이 가진 절대적인 고독을 해소시킬 수 없으며, 인간의 욕구와 결핍을 충족시킬 수가 없다. 또한 그 욕구가 충족되지 못했을 때 우리는 불안과 두려움을 갖게 된다. 그 탈출구로 우리는 예술에 기댄다. 음악, 그림, 무용, 연극, 문학 등에 접하게 되고 그들을 통해 자신의 진정한 모습을 바라보게 될 때 그 결핍은 사라지게 된다. 완성된 작품 속에는 이미 나는 사라지고 존재하지 않기 때문이다. 시 쓰기에서도 마찬가지다. 시가 완성되면 시 이전에 존재했던 주체인 나는 사라지고 없다. 시를 쓰기 전의 욕망과 갈등, 분노와 기쁨, 세계의 혼란 등은 펜을 놓는 순간 사라지고 백지 위에 언어라는 기호만 남는다. 그러므로 예술을 통해 인간은 자연과 인간에게서 얻지 못하는 위안을 얻게 된다.

2.

그럼 나의 언어들은 어디에서 오는가? 인간의 정신세계는 의식과 무의식이 함께 존재한다. 의식은 자신이 주의를 기울이면 알아차릴 수 있는, 인식할 수 있는 합리적인 세계이지만 무의식은 전혀 자각하지 못하는 마음 속 정신세계로 본능, 억압된 관념과 감정이 존재하는 비합리적인 세계이다.

나의 언어는 마음 속 깊이 숨어 있는 무의식의 표출로, 현실에서 억압되었던 무의식이 어느날 갑자기 문자를 입고 밖으로 튀어 나온다. 예기치도 못한 곳에 숨어 있다가 어느 순간 불현듯 나를 찾아온다. 밖으로 전혀 얼굴을 드러내 놓지 않기 때문에 갑자기 들이닥친 언어들을 보면서 어느 때는 당황하기도 하고 낯설어 한다. 그러나 글을 다 쓴 다음 나중에 읽어 보면 그것이 나의 진심임을, 나의 모습임을 알게 된다.

프로이드는 '무의식의 주체란 무의식의 소망 충동으로 이루어진 우리들의 존재 핵심'이라고 했으며, 라깡 또한 '진실의 주체란 자아가 아닌 무의식의 주체이며, 무의식은 언어로 표상된다'고 했다. 나의 언어는 무의식을 통해 결여된 대상을 보여주며 진실을 말해 준다고 하겠다. 내 시의 대부분은 부재와 사랑의 결핍에서 오는 불안, 현실에서 이루지 못한 소망들이 담긴 무의식의 꿈들로 쓰여졌으며, 시라는 기호를 통해 나타난 무의식적인 자아는 진정한 나의 모습을 들여다 볼 수 있는 거울이라 할 수 있겠다.

3.

시를 쓸 때 나는 신체 리듬을 중시한다. 신체 리듬에 의해 글이 잘 씌어지기도 하고 전혀 씌어지지 않기도 한다.

신체의 리듬은 우주의 리듬에 가깝다는 생각을 한다. 우주 행성인 지구의 위치에 따라 즉, 사계절의 변화하는 리듬에 따라 우리의 신체는 긴장과 이완을 거듭하며, 지구의 자전으로 생기는 밤과 낮에 따라 개개인의 신체 리듬도 달라진다고 믿는다. 따라서 시는 개개인의 독창적인 리듬으로 인해 태어나는 그 시인만이 지닐 수 있는 개성적인 산물이라는 생각을 한다.

"시는 존재로 돌아가기이다. 리듬이고 이미지인 구(句)를 통해 인간은 존재한다." 라는 옥타비오 빠스의 말을 빌리지 않아도 내 시는 내 신체의 리듬에 따라 몸이 열리고 닫힌다. 이미지와 의미를 가지고 시로 태어난다.

나는 시를 다 쓰고난 후 시행과 시행 사이, 연과 연 사이의 의미 구조가 맞지 않거나 청각적으로 귀에 거슬리는 리듬, 의미가 주어지지 않는 행들이 없나 살펴본다. 우리 말에는 영어와는 달리 강세와 고저, 장단, 각운이 없다. 그래서 두음과 휴지, 같은 의미와 소리의 반복만으로 리듬감을 읽을 수밖에 없다. 또한 한 시행 안에 리듬과 이미지, 의미가 함께 공존해야 리듬감을 조금이라도 살릴 수 있다. 그래서 나는 시를 써 놓고 몇 번이나 큰 소리를 내며 읽어본다. 내 몸이 맑고 명쾌한 날의 시는 아름다운 리듬을 타지만, 내 몸이 마이너스 주파수일 때는 내 시의 리듬도 잃고 만다. 좋은 시를 쓰기 위해 가능한 나는 내 몸에서 고주파 에너지를 내보내도록 노력한다.

4.

작년 5월 초 병석에 누워 계시던 어머니께서 돌아가셨다. 속 깊은 딸은 슬픔을 잊게 할 요량으로 뉴욕으로 급히 나를 불렀다. 외할머니가 엄마의 삶의 주춧대였다는 것을, 그리하여 주춧대가 무너진 엄마는 그 충격을 이기지 못하고 쓰러져 일어나지 못하리라는 것을 딸은 환히 들여다 보고 있었다. 어머니를 잊기 위해 물리적인 거리에서 한국을 떠나 있었지만, 심적으로는 결코 어머니에게서 떨어질 수 없었다. 내 삶의 전부를 차지했다 해도 과언이 아닌 어머니의 죽음은 삶의 방향키를 흔들어 놓았다. 거의 40년간을 정신적인 지주로서 삶의 지표를 제시하던 어머니가 한 순간에 내 곁에서 사라지고 없다는 사실이 믿기지 않았다. 그러나 나는 현실을 받아들여야 했다.

이번 여행에서 '또 다른 나를 찾을 수 있길' 바랬다. 어딘가에 있을 나를 찾아 두 달 동안 정신없이 쏘다녔다. 얼마 동안은 메트로폴리탄이나 MOMA의 그림 속에서 만난 여인들, 라파엘로의 성모 마리아도 피카소나 로댕의 조각도 모두 나의 어머니처럼 보였다. 그러나 얼마의 시간이 지나자 그 얼굴들은 제각기 다른 얼굴로 생소하게 다가왔다. 하루종일 바라보아도 싫지 않았던 그 수많은 작품들 앞에서 나는 내 삶을 내 의지대로 살지 않았음을 깨달았다. 화가나 조각가의 손 끝에서 태어난 그 작품들은 모두 그들의 의지대로 표현된 것이었다. 원래 갖고 있는 본 성질인 하얀 캔버스나 돌이라는 재질은 그들의 손에서 사라지고 없었다.

나는 어머니의 의지대로 빚어진 조각품에 불과했다. 팔다리가 없는 그리스의 조각들은 어머니의 의지에 맞추기 위해 총총 뛰어다니던 내 불안하던 날들을 말해 주고 있으며, 날개를 달고 있는 〈나이키〉의 여신상은 불안에서 벗어나기 위해 글을 써야 했던 내 모습이었다.

　지금껏 내가 쓴 글들은 이집트관에 서 있는 파라오처럼 긴장된 몸을 풀지 못하고 굳은 표정을 짓고 있음을 알았다. 그건 내 삶의 화선지에 절대 개칠을 용납하지 않았던 어머니의 굳은 의지였고 평생 지키시던 자존심이었다. 행여 실수로라도 파라오의 행적을 적은 파피루스에 먹물 한 점 떨어뜨려 놓았더라면? 죽어서도 내 글은 영원불멸을 꿈꾸는 파라오에 의해 마아트의 심장보다 가벼운 깃털을 달고 생명의 앙크를 받아 후세에 다시 태어날 수 있을지도 모를 일이다. 그러나 그건 불가능한 일이었다. 불의를 보지 못하는 대쪽같은 성품과, 풀잎으로 연명해도 품위를 잃지 않으셨던 어머니. 핫셉수트 여왕처럼 권좌에 앉아 집안을 호령하시던 어머니에게 그런 오점은 당치도 않는 일이었다.

　수십구의 목관에 그려진 금빛 화려한 채색, 가짜 수염과 시커먼 아이 라인으로 화장한 파라오의 모습을 보면서 경외감에 앞서 끔찍하다는 생각을 했다. 죽음 앞에서도 자신의 본 모습을 드러내 놓지 못하고 겉껍질에 싸여 있어야 하는 그가 가엾고 불쌍했다. 나는 그것을 보면서 지금껏 나를 둘러싸고 있던 껍질에서 벗어나고 싶었다. 어머니가 평생 내게 입힌 정사각형의 반듯한 틀에서 벗어나고 싶었다. 날

것의 언어인 채 원시의 나일강변에 흔들리는 갈대이고 싶었다. 오직 내 살과 피로 씨줄 날줄 엮어 뜨거운 피가 흐르는 알몸을, 심장의 박동 소리를 짜는 파피루스이고 싶었다. 바람에 실려 바이올린을 켜고, 구름 위에서 글을 쓰고 그림을 그리시던 아버지의 삶이고 싶었다. 그리하여 누구의 손에도 닿지 않는 곳, 누구의 시선에도 구애받지 않는 곳에서 자유롭게 나를 그리고 싶었다. 내가 지금껏 찾던 나의 본모습은, 내 시의 본질은 바로 그 곳에 있었다.

혼자 공원을 걷고 혼자 거리를 걸어다니며 혼자 그림 앞에 서 있었던 많은 시간들, 아무 소리도 들리지 않고 흐르는 시간을 무심히 바라본 날들이 나를 다시 태어나게 했다. 숨차게 뛰어다녀야 할 일상도, 체면과 가식도 없는, 남의 시선을 느끼지 않아도 되는 곳에서 나는 자유로와졌다. 모든 사물부터 무심해지려고 했던 시간들이 내 굳었던 몸을 풀어놓고 있었다. 중력을 느끼지 못하는 샤갈의 그림처럼 나는 두둥실 하늘을 한가롭게 떠다닐 수 있었다. 어머니의 죽음은 내가 갇혀 있던 굳었던 틀 속에서 나를 풀어놓았다. 어머니는 평생 가슴에 간직하셨던 아버지를 내게 돌려 주시고는 그렇게 나를 떠나가셨다. 하늘로 올라가셨다.

5.

집에 돌아온 후 시집을 묶으려고 들여다 본 내 시들은 몸을 풀어달라고 소리치고 있었다. 온전한 몸을 지니지 못했던 시들이 애처롭고 한심스럽다. 그러나 어쩌랴. 온전한 시가 되지 못했을지라도 어머니로 인해 쓰여진 시였으니 어머니께 고마울 따름이다.

"진정한 시 한 줄에 목숨을 바치지 못할지언정, 명예와 현실의 안위安慰를 위해 시의 존엄성에 먹칠하는 시인은 되지 마라. 시를 존중하듯 서로의 인격을 존중하는 인간성(humanity)을 지닌 시인이 되라"는 어머니의 목소리가 들리는 듯하다.

T.S. Eliot는 〈Tradition & Indivisual Talent〉에서 "시인은 언어를 매체로 사회를 정화시키는 역할"을 한다고 하지 않았던가. 곧 그 말은 시인은 사회에 공헌할 수 있어야 한다는 뜻이기도 하다. 그만큼 시인은 중대한 사명감을 지니고 이 세상에 태어났다. 인간성이 부족한 사람에게서 어떻게 사회를 정화시킬 수 있는 시어詩語를 발견할 수 있겠는가. 개인의 안위를 위하는 사람이 어떻게 전통을 계승할 수 있으며 모국어를 아끼고 사랑할 수 있겠는가. 이렇듯 물질문명으로 인해 인간의 심성이 고갈되고 인간 본연의 자세를 잃어버린 삭막한 현실에서 시인들은 인간성 회복에 앞장서야 할 것이다.

시는 우주를 껴안으려는 사랑이 있음으로써 태어난다. 가장 순수한 시의 장르에서 가장 폐쇄적이고 전근대적인 사고를 가진 우리나라 시마당. 서로 마음을 열 수 없는 휴머니티가 없는 이런 메마른 풍토에서 제대로 된 글 한 줄을 쓰기 위해 밤이나 낮이나 전전긍긍하는 딸이 가엽고 안타까웠으리라. 노력한 만큼 보상도 따르지 않는, 세상의 척도

로는 잴 수 없는 무형의 글에 천착하여 아이들도 제대로 돌봐주지 못했던, 당신께 소홀히 했던 못난 딸이 마음속으로 몹시도 원망스러우셨으리라. 그러나 천형을 받고 태어난 몸이니 어머니 하늘나라에서 제발 용서해 주시길……

6.

몇 년간 내 몸이었던 시들, 힘들고 고단했던 삶들, 어둠과 빛이었던 내 몸을 세상에 내보내기로 한다.

| 연보 |

1947년 양력 1월 21일 경북 대구시 봉산동에서 출생.

1950년 한국전쟁 발발. 내가 기억하는 건 피난 길에 들은
   소리들 뿐이다. 총소리와 대포소리, 비행기의 폭음,
   그리고 울음소리.

1953년 시골 외갓집에서 외할머니와 함께 살면서 아침이면
   언제나 한복을 곱게 차려 입으시고 학교에 나가시
   던 어머니. 예쁘게 수놓은 책가방과 털실로 머리가
   노란 서양 인형을 만들어 주시고 원피스를 손수 만
   들어 입히시던 어머니. 그러나 아버지의 권유로 늦
   게까지 나와 연년생인 남동생을 유모 젖을 빨게 했
   던, 부농이던 외가 덕으로 우리 삼남매의 시중도 일
   하는 사람 손에 맡기셨던 어머니. 그로 인해 어머니
   의 따뜻한 젖가슴 한번 만져보지도, 손 한번 잡아보
   지 못하고 자란 나는 어머니가 학교에서 돌아오실
   때까지 시냇가로 들로 뛰어 다니며 멱을 감거나 메
   뚜기를 잡았다. 철이 들면서부터 나는 어머니가 사
   다주신 12가지 색의 예쁜 물감과 스케치북을 들고
   혼자 논둑에 앉아 있는 시간이 많아졌다. 초등학교
   4학년 때부터 환경정리할 때쯤이면 교실 앞에 걸리
   는 세계지도와 우리나라 지도그리기는 으례히 내
   담당이었고, 펜으로 쓰는 어머니의 보도안도 내 몫
   이었다. 교실 뒤 칠판에 항시 걸리는 그림이나 동
   시, 붓글씨 등, 6년 내내 반장을 놓치지 않은 나를
   어머니는 대견스럽게 생각하셨지만, 해지는 풍경이

너무 고와 냇가에서 울다 늦게 집에 돌아오는 딸을 눈여겨 보지 않으셨다. 어머니는 채송화처럼 줄기를 꺾어 심으면 줄기차게 꽃을 피우듯 우리 삼남매도 저절로 땅에 뿌리 내리고 씩씩하게 꽃 피우리라 생각하셨던 것이다. 군에 계시던 작은 외삼촌께서 휴가를 나올 때마다 사다 주셨던 아동 문고『퀴리부인』『장화홍련전』『톰소여의 모험』『폼페이 최후의 날』『폭풍의 언덕』등은 슬픔을 잊게 해주는 약이었으며, 싸늘하게 가슴을 훑고 지나가는 정체도 알 수 없는 바람을 잠재우는 주사였다. 먼지 쌓인 골방에서 뜻도 알 수 없는『사상계』와 소설 등을 읽으며 따듯한 둥지를 틀고 있었다.

1958년 어스름 봄날 저녁 우리집 담모롱이에 보퉁이를 끌어안고 아가인 양 젖을 물리던 미친 여자의 웃음소리에서, 도망간 남자 때문에 잿물을 마시고 죽은 옆집 언니에게서 나는『폭풍의 언덕』에 나오는 캐서린의 비극을 보았다. 일꾼들이 지게에 꺾어 온 진달래꽃을 내 머리에 꽂아주곤 했지만, 그런 나를 보며 허공에 웃음을 쏟아붓던 미친 여자의 슬픈 눈동자는 비오는 밤 마당에 맴돌던 매캐한 군불 연기처럼 내 뇌리에서 떠나지 않았다. 이 세상에서 버림받은 여인들의 슬픔과 절망을 보며 몸서리치곤 했다.

사랑채에는 외할머니께서 집 없이 거리를 헤매는 거지들을 재우고 밥을 먹여 주기도 했는데, 꼭 집안

일이나 농사 일을 거들어야 밥을 주었었다. 일하지 않고 놀기만 하는 거지에게는 동냥을 해서 끼니를 때우게 했다. 할머니께서는 일찌감치 우리에게 올바른 삶의 방법을 가르쳐주셨던 것이다. 우리는 거지들과 같이 놀았기 때문에 친구들한테 거지가족이라고 놀림을 받았지만 우리 형제들은 아랑곳하지 않았다. 겨울밤이면 메주덩어리가 매달린 사랑채에서 토벽에 비치는 그림자를 배경으로 연극을 하기도 하고 손그림자 놀이도 하며 하루의 긴 시간들을 보내곤 했다.

1959년 김천여자중학교에 입학하다. 중학교 1~2학년까지 기차를 타고 통학을 했다. 겨울이면 캄캄한 새벽에 집을 나서야 했는데 플랫폼에서 해뜨는 광경을 마주하곤 했다. 동쪽 벌판에 해가 막 솟아오르면 증기기관차는 움직이기 시작하고, 역사에 세워진 첨성대처럼 생긴 높은 물탱크에서 뜨거운 김이 하얗게 올라와 장관을 이루곤 했다. 마치 클로드 모네의 생라자르 기차역을 연상케 하는 아름다운 풍경이었다. 나는 초등학교 때부터 실제 풍경과 똑같은 자연의 색깔을 물감으로 나타낼 수 없어 고심했었다. 그러나 중학교에 들어간 후, 주관적인 관점에 따라 색채를 마음대로 쓸 수 있음을 알게 되었으며, 그때의 내 스케치는 실제 인물을 그대로 표현하고자 했다. 국어 선생님이신 민오임 선생님께서는 국어 시간에 내가 쓴 글에 대해 칭찬도 많이 해주셨으며, 그때 읽어주신 『안네의 일기』로 인해 일기를 계속 쓰게 되었고, 45년이 넘은 지금까지 선생님께서는 내 시를 읽어 주시고 용기를 북돋아 주시곤 한다.

1962년 김천여자고등학교에 입학하다. 중학교 일학년부터 고등학교 졸업할 때까지 전교 일등을 놓치지 않고 장학금으로 공부한 것은 어머니를 위해서였지만, 나를 귀여워해 주시고 아껴 주시던 선생님들께 실망시키지 않으려는 마음도 컸기 때문이다. 고3 때 수업료도 받지 않고 수학 과외를 해 주시던 서성보 수학 선생님, 참고서를 사주시며 격려해 주시던 고2 때 담임이신 이중희 선생님, 3년 내내 학교 도서실을 맡게 하고 참고서와 책들을 마음대로 보게 하셨던 김응석 영어 선생님, 모두 나에게는 무척 고마운 분들이셨다. 선생님들은 딱딱한 새마을 운동복 차림으로 우리를 가르치셨지만 세라복의 여학생들에게는 꿈과 낭만을 심어 주시던, 어려운 학생들을 따뜻한 시선으로 바라보시던 훌륭한 인품을 지닌 분들이셨다. 그런 고마운 선생님들 덕분에 나는 학교 도서실에 있는 책들을 정독하며 문학의 꿈을 맘껏 펼칠 수 있었다. 내 평생 통틀어도 그때의 독서량에는 미치지 못하리라. 한국문학전집에서 세계문학전집에 이르기까지 도서실에 있는 많은 양의 책들을 마치 지식에 걸신들린 양 게걸스럽게 먹워치

웠던 것이다. 그때 읽었던 책들, 도스또예프스키와
톨스토이의 작품에서 러시아 문학의 광대한 구성에
놀라워 했고, 사르트르의 『구토』와 까뮈의 『이방
인』에서 인간 존재의 고뇌를 엿보았으며, 썸머셋
모음의 『인간의 굴레』 토마스 하디의 『테스』 등 그
많은 책들을 읽기 위해 일요일도 도서관에서 살다
시피 했다. 또 매주 시 한편씩 암송하고 토론을 하
는 고1 때 국어 선생님으로 인해 한국시와 영시를
많이 접하게 되다. 그 중 「해바라기의 비명」, 「외인
부대」 등의 시와, 「수선화」, 「무지개」, 「애너벨리」
등의 영시를 좋아했다. 그때부터 영문학 공부하는
게 내 꿈이 되었고, 한 권 분량의 시들을 적은 노트
는 지금까지 내 곁을 따라다닌다. 〈영어 웅변대회〉
에서의 수상, 〈김천 문화제〉에 선녀로 뽑히는 등 선
생님들의 사랑을 한 몸에 다 받았던 나는 친구들의
선망의 대상이었지만, 동시에 시샘의 대상이었기에
언제나 외로웠다. 선생님들의 따뜻한 애정의 눈길
과 문학에 대한 동경, 그리고 양숙이, 금숙이 같은
좋은 친구가 내 곁에 없었다면 어머니와 떨어져 있
었던 객지 생활을 견디기가 어려웠으리라.
1965년 어머니 혼자 힘으로 동생들을 대학까지 공부시키기
어려웠던 터라 나는 결국 영문과에 원서를 넣지 못
하게 되고, 서울교육대학교에 입학하게 된다. 5·
16 사태가 일어난 지 4년 째 접어들던 시기로, 국민

들의 의식은 아직 후진국 수준에서 벗어나지 못하고 있었으며, 사회의 그릇된 인식은 실력 있는 인재들을 희생양으로 만들었고 우리는 오랫동안 그 수모를 당해야 했다. 그 와중에 교복을 입어야 하고 교생 실습으로 허리까지 기른 내 찰랑찰랑한 생머리를 잘뚝 잘라야 하는, 일제시대의 가치관에서 벗어나지 못한 권위적이고 일률적인 교육제도는 나를 질식케 했다. 자유롭고 창의적인 대학 생활을 원했던 나에겐 그건 치명타였다. 그나마 음악반에서의 활동, 장창환 교수의 창의적인 음악 실습과 음악 감상법, 국악에 관심을 가지고 받게 된 가야금 실기는 막힌 숨통을 트이게 했다. 또한 후암동 외삼촌 댁에서 받은 지극한 사랑이 없었다면 삭막한 대학 생활을 견딜 수 없었으리라.

1967년 서울 한강초등학교에 발령받다. 겨울이면 난로 피우는 게 싫어 가끔 음악감상실로 도망도 갔지만 아이들을 열심히 가르쳐 일제고사를 보면 우리 반이 우수한 성적을 거두었다. 그때 문학 잡지로 『창작과 비평』을 사 보았는데 「분례기」를 읽고 문학의 꿈을 버리지 않았던 나는 글을 써 보기도 했고 화판을 끼고 혼자서 스케치하러 덕수궁을 돌거나, 4·19 때 죽은 영혼을 위로하러 4·19탑을 배회하기도 했다.

1971년 서울 이문초등학교에 발령받다. 명동 갤러리에서 유화 습작. 교사 합창 지도와 아동 합창 지도 맡아서 하다.

1973년 독립투사 윤방우尹方宇의 장남인 윤영수尹永洙의 8남
　　　매 중 2남인 윤재성尹宰成과 결혼하다.
1974년 큰 아들 윤완희尹完熙 태어나다.
1975년 서울 중랑초등학교에 발령 받다.
1976년 둘째 아들 윤성희尹聖熙 태어나다.
1977년 10년 간의 교직생활을 끝내고 사표를 내다. 내 아이
　　　들은 내 손으로 키우고 싶었다.
1978년 막내인 딸 윤지선尹志瑄 태어나다. 아이들을 키우며
　　　틈나는 대로 유화 습작하다.
1985년 방송통신대학교 영어영문학과에 편입하여 1989년
　　　졸업하다. 내가 원하던 공부를 다시 할 수 있어 기
　　　뻤고, 훌륭한 교수진들도 마음에 들었다. 내가 가장
　　　좋아했던 과목은 〈영미시〉였고, 그 외 〈영미소설〉,
　　　〈영미산문〉을 통해 문학의 진수를 맛볼 수 있었다.
　　　영미시에서는 19C 낭만파 시인들의 시가 좋았고,
　　　특히 자연과 인간의 합일을 노래한 워즈워드의 시
　　　「Tintern Abbey」의 아름다움은 나를 숨막히게 했
　　　다. 그 외에도 셸리의 「West Wind」, 키츠의 「To
　　　Autumn」 등의 시에 대한 천착은 시를 쓰게 한 주
　　　요 동기가 되었다. 고등학교 때 읽었던 방대한 스케
　　　일의 소설들을 영문으로 읽으면서, 우리말에서 느
　　　끼지 못하는 뉘앙스를 발견하고 뛸듯이 기뻐했다.
　　　그 후 연필만 잡으면 계속 무언가 쓰여졌다. 쓰지
　　　않으면 숨이 멎을 것같은 심정으로 시를 쏟아냈다.

1990년 서울시에서 주최하는 시 콩쿨에서 입선하다.

1993년 첫시집『숲은 그대를 부르리』를 내다.

1995년 두 번째 시집『지상의 한 잎 사랑』(문학아카데미)을
내다.

1998년 과천 현대미술관에서 미술이론과 유화 실기 시작
하다.

1999년 세 번째 시집『물속의 사원』(문학아카데미)을 내다.
문학아카데미에서 〈시랑〉 동인을 결성하다. 박남
주, 김수목, 김병환, 이시백, 진태숙, 한규동.『문학
과창작』에「견진성사, 그 이후」「겨울에서 봄으로」
실리다.

2000년 시랑 동인집『비비추의 그리움』(문학아카데미)을
내다. 시안 행사로 실크로드 다녀오다.『시안』가
을호에「투르판의 高僧을 찾아」실리다.

2001년 네 번째 시집『옹딘느의 집』(포엠토피아)을 내다(문
예진흥기금 수혜). 시집 표지 직접 그리다. 시랑 동
인지『연꽃은 따뜻한 피를 가졌다』해설을 쓰다.
『애지』가을호에 시「불신편」「유목민」「원무」실리
다. 과천 현대미술관에서 유화 그룹전 열다.

2002년 큰아들 윤완희尹完熙 강재선姜在宣과 결혼하다(현재
죤스홉킨스대학에서 박사과정 공부). 인사동 갤러
리에서 유화 그룹전「디딤전」열다.

2003년『애지』에서「시와 그림이 있는 풍경」3년간 연재하다.
『문학과 의식』에서「정영숙의 시가 있는 아틀리에」

3년간 연재하다.

2004년 『현대시학』 5월호에 「또 봄날이 와도」 「감자꽃을 보던 날」 실리다. 『시안』에 계간 리뷰 좋은시에 「또 봄날이 와도」 실리다.

2005년 『현대시』 9월호에 「아편 茶, 아픈 車」 「미스타 페오를 찾아서」 실리다. 둘째 아들 윤성희尹聖熙 이가영李嘉英과 결혼하다(스탠포드대학에서 박사학위 받은 후, 삼성 반도체에서 근무).

2006년 막내딸 윤지선尹志瑄 카네기멜론대학에서 경영학 석사학위 받은 후 맨하튼의 증권 회사에서 근무하다. 어머니 83세로 돌아가시다.

2007년 다섯 번째 시집 『하늘새』(황금알)를 내다.